Las cuatro estaciones / The Four

APR 1 7

Estamos en otoño
It's Fall

Celeste Bishop

traducido por / translated by
Eida de la Vega

ilustrado por / illustrated by
Aurora Aguilera

PowerKiDS press.

New York

Published in 2017 by The Rosen Publishing Group, Inc.
29 East 21st Street, New York, NY 10010

First Edition

Managing Editor: Nathalie Beullens-Maoui
Editor: Katie Kawa
Book Design: Michael Flynn
Spanish Translator: Eida de la Vega
Illustrator: Aurora Aguilera

Cataloging-in-Publication Data

Names: Bishop, Celeste.
Title: It's fall = Estamos en otoño / Celeste Bishop.
Description: New York : Powerkids Press, 2016. | Series: The four seasons = Las cuatro estaciones | Includes index.
Identifiers: ISBN 9781508152064 (library bound)
Subjects: LCSH: Autumn–Juvenile literature.
Classification: LCC QB637.7 B57 2016 | DDC 508.2–dc23

Manufactured in the United States of America

CPSIA Compliance Information: Batch #BS16PK: For Further Information contact Rosen Publishing, New York, New York at 1-800-237-9932

Contenido

Contents

Hoy me voy a poner mi suéter preferido. Ha llegado el otoño.

Today I'm going to wear my favorite sweater. It must be fall.

En el otoño hace fresco.

Los días también se hacen más cortos.

The air is cool in fall.
The days get shorter, too.

El otoño es la época de volver a la escuela.

Fall is the time to go back to school.

Mi hermano y mi hermana hacen nuevos amigos.

My brother and sister make new friends.

En otoño, las hojas cambian de color.

Leaves change color in fall.

Las hojas son rojas, amarillas, anaranjadas y marrones.

The leaves are red, yellow, orange, and brown.

Pronto, las hojas comienzan a caerse de
los árboles. Rastrillamos montones de hojas.

Soon, leaves fall off the trees.
We rake big piles of leaves.

¡Soy el primero en saltar sobre ellas!

I jump in them first!

Mi familia recoge manzanas
en el otoño. Las manzanas son
dulces y crujientes.

My family picks apples in fall.
Apples are crunchy and sweet.

Vamos a visitar una granja de calabazas con mi familia.

My family also visits the pumpkin farm.

Veo calabazas grandes y pequeñas.

I see big pumpkins and small pumpkins.

¡Es hora de pasear en una carreta de heno! Un caballo grande tira de la carreta.

It's time to take a hayride! A big horse pulls the wagon.

19

Por fin llega Halloween. Me disfrazo de monstruo.

Soon, Halloween is here. I dress up as a monster.

¡Hasta mi hermano se asusta!

Even my brother is scared!

El otoño es la mejor época del año.

¡No quiero que termine nunca!

Fall is the best time of the year.

I never want it to end!

Palabras que debes aprender
Words to Know

(las) hojas
leaves

(el) suéter
sweater

(la) carreta
wagon

Índice / Index